11 Février 1914

11 FEVR. 1914

P

VENTE

Du Mercredi 11 Février 1914

HOTEL DROUOT, SALLES Nᵒˢ 5 & 6

A DEUX HEURES

EXPOSITION PUBLIQUE
Le Mardi 10 Février 1914
De 1 heure 1/2 à 6 heures

＊

OBJETS D'ART

Européens et d'Extrême-Orient

TABLEAUX ANCIENS ET MODERNES

BRONZES D'AMEUBLEMENT

SIÈGES, ÉTOFFES, MEUBLES

Tapisseries Anciennes

COMMISSAIRE-PRISEUR
Mᵉ F. LAIR-DUBREUIL
EXPERTS
M. ANDRÉ PORTIER
MM. PAULME & C. LASQUIN Fils

CATALOGUE

DES

OBJETS D'ART

EUROPÉENS ET D'EXTRÊME-ORIENT

Armes, Bronzes, Émaux cloisonnés, Céramique

MEUBLES ET ÉTOFFES

DE LA CHINE ET DU JAPON

TABLEAUX ANCIENS & MODERNES

BRONZES D'AMEUBLEMENT

OBJETS VARIÉS

SIÈGES ET MEUBLES

ÉTOFFES

TAPISSERIES ANCIENNES

DONT LA VENTE AUX ENCHÈRES PUBLIQUES AURA LIEU

HOTEL DROUOT, SALLES Nos 5 ET 6

LE MERCREDI 11 FÉVRIER 1914

A deux heures

COMMISSAIRE-PRISEUR

Me F. LAIR-DUBREUIL, 6, rue Favart

ASSISTÉ DE :

Pour les Objets d'Extrême-Orient :	*Pour les Objets européens :*
Me ANDRÉ PORTIER	**MM. PAULME & B. LASQUIN Fils**
EXPERT PRÈS LE TRIBUNAL CIVIL	10, r. Chauchat | 11, r. Grange-Batelière
24, rue Chauchat	PARIS

EXPOSITION PUBLIQUE

Le Mardi 10 Février 1914, de 1 heure 1/2 à 6 heures

CONDITIONS DE LA VENTE

Elle sera faite au comptant.

Les adjudicataires paieront *dix pour cent* en sus des enchères.

Paris. — Imp. de l'Art, Ch. Berger, 41, rue de la Victoire.

DÉSIGNATION

1° OBJETS DE L'EXTRÊME-ORIENT

PANOPLIES & ARMES

1 — Panoplie comprenant : une moitié d'armure
de jeune daymio, en laque d'or et passemen-
terie rouge (devant de cuirasse, brassards,
épaulière, jupe et casque ; un fusil à mèche
avec détente et gâchette, canon damasquiné
d'or et d'argent, à décor de dragons ; deux poignards japonais (Tanto) ; neuf lances ou piques japonaises. Armure du XVIIIᵉ siècle.

2 — Panoplie comprenant : le complément de l'armure précédente (dos de cuirasse, jambières,
sous-jupe, casque, masque) ; un fusil similaire au
précédent ; deux poignards japonais (Tanto) ;
neuf piques ou lances japonaises. Armure du
XVIIIᵉ siècle.

3-4 — Panoplies comprenant : une armure complète (sauf les jambières) en étoffe ornée d'une cotte de mailles formant de petits pentagones ornés au centre de l'armoirie impériale (chrysanthème) ; deux fusils à mèche, le canon damasquiné ; quatre sabres japonais ; dix-huit piques ou lances japonaises. xviiiᵉ siècle. (Seront divisées.)

5-6 — Panoplies comprenant : une armure complète. La cuirasse, en fer incrusté d'or et d'argent, offre une figure de Fudo, assis, le glaive à la main, devant une auréole de flamme. A ses côtés, Kongara et Seitaka. Jupe en fer repoussé, damasquiné d'or et d'argent, à décor de dragons. Signée : *Masuda Myochin*, *Ki Munesuke*, *Sho Ashiman Daibosatsu*. Quatre sabres japonais ; dix-huit piques de lances.

7 à 12 — Lot de sabres japonais. (Sera divisé.)

13 à 25 — Lot de piques, lances, hallebardes, de guerre ou de parade. (Sera divisé.)

BRONZES
ET ÉMAUX CLOISONNÉS

26 — Une paire de grands vases cornets en bronze
japonais, décorés en relief de scènes de divi-
nités. A l'épaulement, deux dragons affrontés
en haut relief. Socles en bronze. Japon, début
du XIXe siècle.

Haut., 1 m. 75 c.nt.

27 — Deux groupes, formant paire, en bronze
représentant des personnages assis sur des
chimères. Japon, XVIIe siècle.

Haut., 30 cent.

28 — Deux autres groupes en bronze, représentant
un sujet similaire. Japon, XVIIIe siècle.

Haut., 25 cent.

29 — Brûle-parfums et socle en bronze; le brûle-
parfums formé d'une vasque basse flanquée de
deux oreilles, le socle imitant une feuille de
lotus. Bronze non patiné. XVIIIe siècle.

Diam., 35 cent.

30 — Vasque cloisonnée, à décor de palmes et de
motifs fleuris, sur fond turquoise. Chine, début
du XIXe siècle.

Diam., 32 cent.

210   31 — Deux vases cloisonnés montés en lampes.
Chine, XIXᵉ siècle.

Haut., 30 cent.

32 — Deux vases cloisonnés. Japon, XIXᵉ siècle.

Haut., 34 cent.

CÉRAMIQUE

305   33 — Deux grandes potiches couvertes en terre
japonaise de Satzuma, très finement décorées
en polychromie et rehaussées d'ors de cigognes
sous des arbres en fleurs.

Haut., 75 cent.

115   34 — Deux grands vases-cornets en porcelaine bleu
et blanc, à décor de médaillons fleuris. Japon.

Haut., 1 m. 15 cent.

35 à 40 — Un lot de dix assiettes diverses. Chine et
Japon.

160   41 — Une paire de vases-cornets en porcelaine de
Chine à fond jaune métallique, décorés en relief
et polychromie des nombreuses manières d'écrire
le caractère « cheou » (longévité). XIXᵉ siècle.

Haut., 58 cent.

110   42 — Deux bouteilles en porcelaine bleu et blanc, à
décor de dragons (montées en lampes). XIXᵉ
siècle.

Haut., 40 cent.

43 — Deux potiches couvertes, famille noire, avec réserves. XIXe siècle.

Haut., 32 cent.

44 — Deux vases en porcelaine aubergine et turquoise, décorés de médaillons du Bonheur et de rinceaux fleuris (montés en lampes). XIXe siècle.

Haut., 43 cent.

45 — Deux figures de jeunes femmes debout, en porcelaine d'Imari (montées en flambeaux).

Haut., 50 cent.

46 — Bouteille en porcelaine de Satzuma, à décor fleuri (montée en lampe).

Haut., 35 cent.

47 — Deux paires de vases en porcelaine bleu et blanc (montés en lampes).

48 — Bouteille en terre de Satzuma, à décor fleuri.

Haut., 28 cent.

MEUBLES

49 — Deux très jolies tables en bois finement
sculpté de motifs fleuris ; galerie en bois ajouré
d'une grecque; dessus de marbre brèche rouge.
(Seront divisées.)

Diam., 95 cent.

50 — Trois tables en bois incrusté de nacre, à
décor de motifs fleuris ; le dessus en marbre.
(Seront divisées.)

51 — Une table similaire, le plateau supérieur en
bois sculpté d'un motif fleuri.

52 — Deux tabourets supports en bois, à plateau
de marbre : l'un des tabourets est incrusté de
nacre.

53 — Table, formée d'un plateau cloisonné, décoré
d'un damier orné de papillons et de motifs
fleuris.

54 — Écran de cheminée, formé d'un fukusa, brodé
d'un oiseau Hoo stylisé, monté dans un cadre
de bois doré.

55 — Écran, formé d'une très jolie broderie de fleurs
et d'oiseaux, dans un cadre en bois incrusté de
nacre.

ÉTOFFES

56 — Une paire de rideaux en satin bleu brodé en polychromie d'un semis de fleurs variées. Bordure de satin rouge brodé à personnages. xviiie siècle.

> Haut., 4 mètres ; larg., 3 m. 40 cent.

57 — Très belle portière de satin bleu ciel brodé de caractères d'or ; large bordure de satin rouge brodé de scènes des Pa'hsien et de dragons. xviiie siècle.

> Haut., 4 m. 50 cent.; larg., 2 m. 80 cent.

58 — Portière en satin rouge brodée en or de caractères et de scènes d'Immortels. xviiie siècle.

> Haut., 4 m. 40 cent.; larg., 1 m. 80 cent.

59 — Une autre portière, de décors et de dimensions similaires. xviiie siècle.

60 — Deux autres rideaux, de décors et de dimensions similaires. xviiie siècle.

61-62 — Quatre bandeaux accompagnant les portières précédentes.

63 — Bannière en satin rouge brodé de Si Wang Mu et de Cheou lao.

64 — Bannière de temple, à broderie d'or.

65 — Deux très belles bannières en soie crème brodées en or et bleu de dragons impériaux et du caractère de Longévité. xviiie siécle.

66 — Panneau de satin bleu, joliment brodé du dieu de Longévité portant la perle sacrée. xviiie siècle.

Haut., 2 m. 60 cent.; larg., 2 mètres.

67-68 — Trois fukusas brodés de scènes diverses.

69 à 75 — Un lot d'étoffes brodées, fragments divers.

76 à 78 — Un manteau, un collet et deux jupes brodées.

79 — Étoffes diverses, embrasses de rideaux, etc.

80 — Un lot écrans de paille et deux feuilles d'écran.

81 — Objets omis.

2° OBJETS EUROPÉENS

TABLEAUX ANCIENS
ET MODERNES

BONNAT

82 — *Portrait de Velasquez.*
Eau-forte.

BREKELEMKAMP (Attribué à Q. Van)

83 — *La Médecine empirique.*
Bois. Haut., 31 cent.; larg., 25 cent
(*Collection Izambert.*)

BREUGHEL (Attribué à P.)

84 — *Fête flamande.*
Bois. Haut., 43 cent.; larg., 67 cent.

CROSS (Attribué à)

85 — *La Chaufferette.*
Bois. Haut., 31 cent.; larg., 25 cent.

DANLOUX (Attribué à P.)

86 — *Portrait de Jeune Fille.*
Toile. Haut., 55 cent.; larg., 43 cent.

ÉCOLE FLAMANDE (xviᵉ siècle)

87 — *Descente de Croix*.

> Bois. Haut., 28 cent.; larg., 24 cent.

Cadre ancien.

ÉCOLE FLAMANDE (xviᵉ siècle)

88 — *Vierge et Enfant Jésus*.

> Bois. Haut., 54 cent.; larg., 36 cent.

Cadre en bois sculpté doré.

ÉCOLE FLAMANDE (xviiᵉ siècle)

89 — *Paysans dans un intérieur*.

> Bois. Haut., 28 cent.; larg., 23 cent.

Cadre ancien en bois sculpté.

ÉCOLE FLAMANDE

90 — *Le Violoneux*. — *La Rage de dent*.

Deux pendants signés du monogramme *J. R.*

> Bois. Haut., 12 cent.; larg., 11 cent.

ÉCOLE FLAMANDE

91 — *Buveur*.

Panneau signé du monogramme *J. R.*

> Bois. Haut., 12 cent.; larg., 11 cent.

ÉCOLE FRANÇAISE (xviiiᵉ siècle)

92 — *Paysage avec torrent, personnages et animaux.*

Toile. Haut., 27 cent.; larg., 30 cent.

Cadre ancien en bois sculpté.

ÉCOLE FRANÇAISE (xviiiᵉ siècle)

93 — *Diane et ses suivantes.*

Bois. Haut., 31 cent.; larg., 45 cent.

ÉCOLE ITALIENNE

94 — *Paysage accidenté, rivière, pont et personnages.*

Toile. Haut., 22 cent.; larg., 27 cent.

FERG (F. DE P.)

95 — *Paysage accidenté, ruines et personnages.*

Cuivre. Signé en bas à gauche.

Haut., 18 cent.; larg., 29 cent.

GÉRARD (LE BARON)

96 — *Flore et les Amours.*

Toile en forme de dessus de porte.

Haut., 85 cent.; larg., 1 m. 65 cent

GROLLERON (P.)

97 — *Chouans.*

Toile. Signée en bas à gauche.

Haut., 41 cent.; larg., 28 cent.

GROS (Lucien)

98 — *Mousquetaire.*

Toile. Signée et datée : *1874.*

Haut., 46 cent.; larg., 33 cent.

HÉDA (Guillaume)

1.000

99 — *Nature morte.*

Toile. Signée et datée : *1665.*

Haut., 95 cent. ; larg., 74 cent.

HOREMANS (Attribué à J.)

420

100 — *La Dispute. — Le Tric-trac.*

Toiles. Haut., 45 cent. 1/2 ; larg., 55 cent. 1/2.

(Collection Lemaître.)

HUGTENBOURG (Attribué à J.-V.)

410

101 — *Foire de village.*

Toile. Haut., 69 cent.; larg., 69 cent.

JACQUET (G.)

102 — *Portrait d'une Jeune Femme blonde.*

Bois. Signé à gauche.

Haut., 32 cent.; larg., 24 cent.

MEISEL (E.)

150

103 — *Le Vase brisé.*

Toile. Signée en bas à droite.

Haut., 45 cent.; larg., 37 cent.

MOLENAER (J.)

101 — *Portrait d'Homme assis, tenant un verre.*   400
    Bois. Signé en bas à gauche.
                        Haut., 21 cent.; larg., 19 cent.
    Cadre ancien.

NEEFS (PIETER)

105 — *Intérieur de la Cathédrale d'Anvers, avec*   485
figures.
    Bois. Signé.
                    Haut., 34 cent.; larg., 47 cent.

PEETERS (BONAVENTURE)

106 — *Marine.*   240
    Bois. Signé du monogramme.
                  Haut., 27 cent.; larg., 41 cent.
    Cadre ancien en bois sculpté.

SCHALKEN (G.)

107 — *Jeune Femme à la lettre.* Effet de lumière.   200
        Bois. Haut., 30 cent.; larg., 24 cent. 1/2.

TENIERS (Attribué à D.)

108 — *Le Concert.*   300
        Bois. Haut., 30 cent.; larg., 39 cent.

CÉRAMIQUE

109 — Sous ce numéro seront vendus des assiettes,
vases, bouteilles, plat, etc., en céramique variée
ancienne et moderne.

BRONZES

PENDULES, CHENETS, LUSTRES

110 — Pendule-religieuse en marqueterie de métal
sur écaille, à décor d'arabesques et colonnettes.

111 — Paire de chenets en bronze : Enfants nus sur
draperies.

112 — Deux grandes appliques, à nombreuses lumières, en bronze. Genre Louis XVI.

113 — Lustre en bronze. Genre gothique.

114 — Grand lustre en bronze.

115 — Deux petits lustres en bronze.

116 — Grand lustre, à nombreuses lumières, en
bronze et cristaux.

117 — Trois petits lustres semblables, à douze lumières, en bronze et cristaux.

118 — Lustre en cuivre, à sept lumières ; disposé
pour l'éclairage électrique.

OBJETS VARIÉS

SCULPTURES

119 — Lustre en verre de Venise.

120 — Deux armures complètes en fer gravé et ciselé, l'une d'elles avec parties dorées. Socles en bois.

121 — Buste en bronze patiné : Diane.

122 — Buste de jeune fille en terre cuite. Signé : *A Carrier-Belleuse.*

123 — Buste de jeune homme en marbre blanc.

121 — Buste de jeune femme en marbre blanc, par *A. Carrier-Belleuse.*

125 — Buste de jeune femme en marbre blanc, par CLÉSINGER. Signé et daté : *1871.* Sur colonne-support en marbre, avec chapiteau et base en bronze.

MEUBLES
EN BOIS SCULPTÉ, BOIS DORÉ
ET MARQUETERIE

126 — Piano à queue, d'*Érard*.

127 — Console en bois sculpté doré.

128 — Console en bois doré, décorée de guirlandes et entrelacs. Dessus de marbre blanc. Genre Louis XVI.

129 — Table de milieu, à côtés cintrés, en bois doré ; dessus de marbre blanc. Genre Louis XVI.

130 — Table en bois sculpté peint et partiellement doré.

131 — Table de nuit en marqueterie de bois, avec dessus de marbre.

132 — Grande table rectangulaire, à plateau décoré en marqueterie de bois de couleur de quatre panneaux à sujets mythologiques.

133 — Deux tables à jeu en marqueterie de bois de couleur, ornées de bronzes. Genre Louis XVI.

134 — Grande table à croisillon réunissant les pieds en bois noir, et ornée de bronzes ; dessus de marbre brèche violette.

135 — Deux meubles-dressoirs en noyer sculpté et
ciré, à décor d'arabesques. Genre Renaissance.

136 — Deux autres meubles analogues en noyer
sculpté et ciré. Genre Renaissance.

137 — Meuble-crédence en noyer sculpté ciré, à décor de bas-reliefs, ouvrant à portes et tiroirs,
sur support à colonnettes et arcatures. Genre
Renaissance.

138 — Deux meubles-bibliothèques en noyer sculpté
ciré, ouvrant chacune à six portes, dont trois
vitrées, et trois tiroirs. Genre Renaissance.

139 — Meuble-étagère en noyer ciré, à tablettes
bordées de petits balustres.

140 — Table à éventail en noyer sculpté ciré. Genre
Renaissance.

141 — Petite table en noyer ciré, à pieds tournés et
croisillon. Genre Louis XIII.

142 — Deux petits meubles-bibliothèques en bois
sculpté.

SIÈGES VARIÉS

143 — Deux chaises en velours et recouvertes de deux panneaux en soie brochée au passé.

144 — Trois fauteuils, garnis de soie brochée.

145 — Deux fauteuils et deux chaises en noyer ciré, garnis d'étoffe. Genre Louis XIII.

146 — Deux canapés causeuses en bois doré, recouverts de soie brochée.

147 — Ameublement, comprenant : un canapé, cinq fauteuils, deux grandes chaises, quatre petites chaises et un tabouret à **X**, en noyer ciré, recouvert d'étoffe veloutée.

148 — Ameublement de salon, comprenant : un canapé, deux bergères et quatre fauteuils, en bois doré, genre Louis XVI, recouvert de soie brochée ou application de broderie.

149 — Dix-huit chaises en noyer ciré, recouvertes de velours et broderie. Genre Renaissance.

TAPISSERIES

150 — Suite de dix panneaux d'ancienne tapisserie
de Bruxelles du xvıᵉ siècle. Compositions à
nombreux personnages tirées de l'histoire ancienne. (Parties refaites.)

> Haut., 2 m. 40 cent.
> Larg., 3 m. 25 cent., 2 m. 20 cent., 1 m. 84 cent.,
> 1 m. 60 cent., 1 m. 53 cent., 1 m. 37 cent.,
> 1 m. 04 cent., 1 m. 02 cent., 70 cent., 68 cent.

151 — Suite de cinq panneaux d'ancienne tapisserie flamande du xvıᵉ siècle : Sujets de
chasse.

> Haut., 2 m. 20 cent.
> Larg., 1 m. 65 cent., 1 m. 65 cent., 1 m. 58 cent.,
> 1 m. 50 cent., 1 m. 45 cent.

152 — Tapisserie d'Aubusson du xvııᵉ siècle. Composition à grands personnages : l'Offrande au
Souverain. Bordure d'encadrement à torsade de
fleurs sur fond brun.

> Haut., 2 m. 90 cent.; larg., 4 m. 20 cent.

153 — Tapisserie d'Aubusson du commencement
du xvıııᵉ siècle : le Char de Flore, fond de paysage. Bordure d'encadrement à fleurons et
torsade de fleurs et feuillages. (Partie moderne dans le bas de la bordure inférieure.)

> Haut., 2 m. 75 cent.; long., 4 m. 65 cent.

3.360

154 — Tapisserie rectangulaire d'Aubusson du xviie siècle, présentant une composition à grands personnages : Sujet tiré de l'histoire ancienne. Encadrement de bordure à cordon de fleurs. (Parties modernes dans la bordure.)

Haut., 3 m. 20 cent.; larg., 4 m. 20 cent.

H. 600

155 — Tapisserie rectangulaire d'Aubusson du xviie siècle, présentant le triomphe de Flore, dans un paysage avec cours d'eau et habitations. La déesse est sur son char, enguirlandé de fleurs, que tirent deux amours, et suivent trois compagnes. Encadrement de bordure à rinceaux, lambrequins, culots et fleurs. (La bordure inférieure en partie moderne.)

Haut., 2 m. 77 cent.; larg., 4 m. 68 cent.

8.800

156 — Suite de six tapisseries d'Aubusson, à sujets pastoraux, dans le goût du xviiie siècle. Elles sont encadrées de bordures à baguette ornementée de fleurs : Le Colin-Maillard. — Le Tir à l'arc. — L'Escarpolette. — Le Volant. — Le Cheval fondu. — Le Cerf-volant.

Haut., 3 mètres.
Larg., 2 m 60 cent., 1 m 20 cent., 1 m. 28 cent.,
1 m. 20 cent., 2 m. 50 cent., 1 m. 25 cent.

157 — Petit bandeau en ancienne tapisserie du xviie siècle, à cordons de fleurs et feuillage.

Long., 1 m. 76 cent.

158 — Bandeau en tapisserie à lambrequins, rinceaux de feuillage et guirlandes de fleurs.

Long., 1 m. 98 cent.

159 — Environ 13 m. 50 cent. de bordures de tapisserie flamande du xviie siècle, à torsades de fleurs et fruits, découpées et bordant deux rideaux et un lambrequin.

160 — Lot de bordure d'ancienne tapisserie, à torsade de fleurs; six morceaux développant environ 13 m. 50 cent.

161 — Petit bandeau en ancienne tapisserie flamande, à rinceau de fleurs sur fond jaune.

Haut., 12 cent.; larg., 1 m. 80 cent.

162 — Petit bandeau d'ancienne tapisserie flamande, à motifs de rinceaux, culots et guirlandes de fleurs.

Haut., 28 cent.; long., 1 m. 85 cent.

163 — Bandeau en ancienne tapisserie flamande du xviie siècle, offrant un cartouche cantonné de griffons avec enfants et guirlandes de fleurs.

Haut., 45 cent.; long., 3 m. 80 cent.

164 — Autre bandeau, de même ancienne tapisserie, présentant deux enfants soutenant des guirlandes de fruits et fleurs.

Haut., 57 cent.; long., 2 m. 15 cent.

165 — Deux autres bandeaux, de même ancienne tapisserie, à fleurs et fruits.

Haut , 43 cent.; long , 2 m. 15 cent.

166 — Cantonnière en ancienne tapisserie flamande du XVIIIe siècle, offrant sur chacune des pentes une gaine à corps de femme, des oiseaux, des chutes de fleurs et fruits, et sur le bandeau un cartouche au centre de guirlandes.

Haut., 4 m. 30 cent.; larg., 3 m. 85 cent.

167 — Grand bandeau en ancienne tapisserie flamande du XVIIe siècle (partie refaite à droite), à torsade de fleurs et fruits.

Haut., 45 cent.; larg., 6 m. 25 cent.

ÉTOFFES

168 — Petit bandeau en satin cerise soutaché et brodé. XVIIe siécle.

Haut., 26 cent., larg., 1 m. 50 cent.

169 — Dessus de piano en satin rouge orné d'application de broderie.

170 — Devant d'autel en satin brodé de soie de couleur. XVIIe siècle.